NOTE JUSTIFICATIVE.

LES RÉDACTEURS

DE

LA LORGNETTE,

A M. LE JUGE D'INSTRUCTION

Près le Tribunal de 1re instance,

ET A MM. LES MEMBRES COMPOSANT LA CHAMBRE DU CONSEIL.

MESSIEURS,

Une Société se forme entre cinq jeunes gens étrangers à toute coterie, à toute intrigue, à tout esprit de parti, et dont les goûts et les occupations ont toujours été exclusivement littéraires; le but de cette Société est la rédaction d'un Journal dans lequel ils se proposent de traiter également toutes les matières qui sont comme inhérentes à cette littérature, dont ils ont fait jusqu'ici leur unique étude ; les théâtres, les arts, les mœurs, devaient se placer en première ligne dans leur plan, et entraient de droit dans leur domaine. Les Rédacteurs du nouveau Journal, se renfermant toujours avec scrupule dans le cercle qu'ils se sont tracé, commencent à recueillir le fruit des efforts qu'ils ont faits pour mériter les suffrages du public par l'indépendance de leurs jugemens littéraires, et par quelques esquisses, toujours inoffensives, des ridicules qui viennent frapper leurs regards. Ils s'applaudissent chaque jour d'avoir pu si promptement faire remarquer parmi les journaux entièrement consacrés aux belles-lettres, la feuille qu'ils rédigent depuis quelques mois...... mais quel a été leur étonnement, quand tout à coup un acte émané de M. le Juge d'instruction, leur annonce ce qu'aucun d'eux n'avait jusqu'ici pu soupçonner, c'est-à-dire qu'ils n'ont point rempli les obligations imposées par une loi (qu'ils ne connaissaient point, et qu'ils avaient cru inutile de consulter, dans leur conviction intime de ne jamais se trouver en contravention avec elle), et qu'enfin leur littérature n'est que de *la politique*.

Nous venons, Messieurs, de vous faire connaître en peu de mots la pensée qui nous animait tous quand nous avons créé le Journal intitulé *La Lorgnette*. Nous n'avons jamais voulu ni cru faire que de *la littérature*, et cette profession de foi doit assez vous prouver combien peu nous nous imaginions être exposés aux poursuites dont le ministère public nous menace aujourd'hui; forts de nos intentions, pleins de confiance dans votre impartialité et dans vos lumières, notre défense sera courte et dégagée de tout appareil, persuadés que nous sommes qu'il nous suffit de quelques mots pour obtenir de votre justice une décision favorable.

Le vague des faits qui nous sont imputés ne nous permet point d'étendre notre justification; l'accusation dit : « Vous avez fait un journal politique sans avoir rempli préalablement les formalités voulues par la loi. » Quand nous nions le fait, quand nous demandons dans quelle phrase, dans quel mot réside le délit dont nous sommes accusés, on nous répond : « Nous avouons que vous n'avez point traité de politique directement et d'une manière palpable, mais vous l'avez déguisée sous le voile de l'allusion et de l'allégorie; » ainsi, Messieurs, on nous attaque, non sur ce que nous avons dit, mais sur ce que nous avons voulu dire; non sur ce qui est écrit, sur ce qui est évident, ce qui est l'expression manifeste de notre pensée, mais sur un corps imaginaire, créé par ce système d'interprétations qui offre un champ si vaste à l'injustice et à l'erreur. L'accusation cite une succession d'articles incriminés; mais il n'en est pas un seul parmi eux dont la lecture puisse lui faire dire : « Ces mots sont compris de tout le monde, voilà de la politique. » Elle est au contraire obligée de torturer les phrases, de dénaturer les expressions, de mettre ses pensées à la place des nôtres, de nous prêter un but qui a toujours été loin de notre esprit. C'est elle enfin qui fait de la politique, ce n'est pas nous. Elle ne peut donc nous attaquer que sur la question intentionnelle; mais qu'est-ce qu'une pareille accusation ? et comment prouver que nous avons eu telle ou telle pensée, quand nous répondons, dans toute la sincérité de notre conviction, que cette pensée n'a point été la nôtre, et que notre intention n'a jamais été de toucher aux matières politiques, même sous le voile de l'allusion et de l'allégorie. Cette conviction est si vraie, si intime, que nous sommes prêts à répondre, article par article, aux faits que le ministère public nous impute, et nous nous engageons à prouver évidemment que tout ce qu'ils renferment appartient d'une manière spéciale, soit à la littérature proprement dite, soit aux théâtres, soit aux mœurs. Voyez, Messieurs, sur quel singulier terrain nous sommes placés ? l'accusation affirme que nous avons parlé de politique, nous le nions; elle affirme alors que nous avons voulu en parler, nous le nions encore; ainsi, dans cette lutte bizarre, on ne procède que par affirmations et par dénégations, sans que ceux qui disent oui, aient aucune preuve matérielle, et

conséquemment aucun argument victorieux à op-
poser à ceux qui répondent toujours non.

Un Mémoire justificatif est donc impossible à
présenter tant que nous n'aurons point à répondre sur des faits positifs, que le délit qu'on
nous reproche restera en quelque sorte invisible
et insaisissable, et ne reposera que sur de vagues
allégations et sur l'interprétation gratuite qu'on
veut bien prêter à nos pensées.

Il est un argument, Messieurs, qui doit encore
militer fortement en notre faveur; en effet, si
nous avions voulu nous soustraire aux obligations de la loi, en composant un Journal politique sous l'enveloppe d'un Journal littéraire, on
doit nous supposer sans doute assez de pré-
voyance pour ne point croire que nous nous se-
rions ainsi exposés de gaîté de cœur aux risques
d'une telle entreprise, quand il nous était si fa-
cile de nous mettre à l'abri de tout danger de
cette espèce, en choisissant un homme à gages
qui se serait présenté comme responsable de
tous nos articles; mais nous pensions si peu nous
être éloignés de nos attributions, nous croyons
avoir rempli si exactement le titre de notre Journal, qui s'était annoncé exclusivement comme
Journal de littérature, de théâtres, de mœurs et
de modes, que nous avons signé chacun de nos
articles d'initiales qui servent à en indiquer l'au-

teur, et qu'après l'assignation de M. le Juge d'instruction, nous nous sommes tous présentés devant lui, sans exception, et sans croire un moment que notre affaire pût jamais avoir une issue défavorable. Nous vous le demandons, Messieurs; aurions-nous agi avec une pareille confiance, sans une persuasion intime que jamais aucun de nous ne s'était écarté de la ligne tracée par la loi?

Nous sommes plus affligés que surpris de l'attaque dirigée contre nous; nous avons trop méprisé les coteries, trop frondé les ridicules, nous avons apporté trop d'indépendance et d'impartialité dans nos jugemens, nous avons enfin trop bien été accueillis du public, pour n'avoir pas armé contre nous une foule de grands et petits amour-propres, et irrité l'envie. On nous aura dépeints sous des couleurs qui ne sont point les nôtres, et lorsque M. le Procureur du Roi, dans son réquisitoire, croit ne s'élever qu'en faveur de la partie publique, il sert peut-être quelques intérêts privés, et devient, sans le savoir, l'instrument de petites vengeances aussi odieuses que ridicules.

Du moins, Messieurs, une pensée consolante nous rassure; institués pour prévenir, plus encore que pour frapper, nous savons que, fidèles à ce noble mandat, les magistrats chargés en France de rendre la justice à leurs concitoyens se sont toujours montrés jaloux de la plus belle attribution du ministère pénible qu'ils sont appelés à remplir. Nous savons aussi que la Chambre du conseil, dans l'examen impartial des affaires qui lui sont soumises, s'applique seulement à chercher la vérité, et non à trouver des coupables. Elle reconnaîtra facilement sans doute, par la lecture même des articles incriminés, que nous n'avons point traité des matières politiques dans notre feuille toute littéraire, et surtout que notre intention n'a jamais été de nous occuper, soit directement, soit indirectement de questions qui, sous tous les rapports, nous sont entièrement étrangères, et qui ne devaient ni ne pouvaient trouver place entre le compte rendu d'une pièce nouvelle et celui d'un roman.

Ces diverses considérations nous font espérer, Messieurs, que votre décision nous sera favorable, et qu'il ne sera donné aucune suite sérieuse à cette affaire.

Et pourtant, si contre notre attente, la mise en accusation avait lieu devant le tribunal, si nous étions déclarés par nos juges en contravention avec la loi, force nous serait bien de nous reconnaître coupables..... d'inexpérience, mais, tout en respectant la chose jugée, nous nous retrancherions encore dans cette dénégation, expression bien sincère de la vérité : *Non , nous n'avons jamais* EU L'INTENTION *de parler politique dans notre journal , même sous le voile de l'allégorie et de l'allusion.* Nous vous le demandons, Messieurs, dans l'hypothèse même de notre culpabilité (hypothèse que nous voulons bien admettre un moment, mais dont nous repoussons les conséquences de toute la force de notre conviction), ne nous serait-il point permis de regretter qu'une faute aussi involontaire, qu'une simple erreur fût punie aussi sévèrement ?

Il est une réflexion qui doit naturellement se présenter à votre esprit. « La politique s'est emparée depuis un demi-siècle de presque tous les mots de notre langue ; elle a envahi presque toutes nos pensées; enfin, elle a tellement étendu son domaine, qu'il est bien difficile aujourd'hui d'en distinguer les limites, et qu'il n'est pas une seule phrase écrite qu'on ne puisse interpréter à son profit. »

Faudrait-il donc s'étonner, Messieurs, que des jeunes gens, dépourvus d'expérience sur tout ce qui s'éloigne du but principal de leurs études et de leurs travaux, fussent tombés dans le péril qu'ils cherchaient à éviter ; et que, sans *le vouloir ni le savoir,* ils se fussent trouvés sur le territoire de la politique, territoire aujourd'hui si limitrophe de celui de la littérature et des mœurs, qu'il est bien permis de s'y tromper! Une simple admonestion aurait suffi pour les éclairer, pour guider leurs pas incertains, et pour les détourner de l'écueil, en les rendant encore plus circonspects à l'avenir.

Remarquez bien, Messieurs, que nous ne raisonnons ici que sur une hypothèse, dont l'idée ne peut entrer dans notre manière de voir et de sentir. Nous ne saurions assez vous le répéter; « *Non, nous n'avons point voulu dans notre* » *Journal, intitulé* la Lorgnette, *nous occuper* » *soit directement, soit indirectement, des ma-* » *tières dites politiques ; nous n'apercevons cette* » *tendance dans aucun de nos articles, et nous* » *sommes prêts à détruire jusqu'aux interpréta-* » *tions du ministère public ; interprétations qui* » *ne peuvent reposer sur aucune base solide, et* » *dont* le vague *prouve assez combien les faits qui* » *nous sont imputés sont dénués, nous ne dirons* » *point, de preuves matérielles et palpables, mais* » *encore d'une présomption assez forte, assez po-* » *sitive, pour* commander *à MM. les Membres* » *composant la chambre de conseil notre mise* » *en accusation devant le Tribunal de première* » *instance jugeant en police correctionelle.* »

Pour et au nom des cinq Rédacteurs co-intéressés de *la Lorgnette*,

Le Directeur du Journal,
H. MAGNIEN.

Ce 15 juin 1824.

NUMÉROS ET ARTICLES

DE LA LORGNETTE,

INCRIMINÉS PAR LE MINISTÈRE PUBLIC.

Du 2 Mai 1824.

La Contrebande. — *Nouveau projet de réductions.* — Et dans la Macédoine : *Anecdote récente.* — *A Vendre....* — *S'adresser au portier.* — *La foule s'arrête,* etc., etc.

Du 3 Mai.

V'là d's'hannetons, d's'hannetons pour un liard.

Du 6 Mai.

Les Réformes. —Et dans la Macédoine : *Les Sciences ont fait,* etc., etc.

Du 8 Mai.

Dans la Macédoine : *On vient,* jusqu'à *tout bien ordonné.*

Du 9 Mai.

Habits, vieux galons. — *Correspondance.*

Du 10 Mai.

L'Échappé de l'autre Monde.

Du 11 Mai.

Les quand même. — *Les Dindons et les Corbeaux.*

(14)

Du 13 Mai.

J'ai ouï dire.

Du 14 mai.

Les Nouveaux Vampires.

Du 16 Mai.

Dans la Macédoine : *On sait que,* jusqu'à *réformateurs de Barême.* — *Quelqu'un.....* jusqu'à *nous fera fumer.* — M. le comte de ★★★ jusqu'à *pour sept ans.*

Du 17 Mai.

Correspondance.

Du 18 Mai.

Dialogue entre deux Abbés.

Du 19 Mai.

Lettre d'un Vieux Grognard.

Du 22 Mai.

Les Libraires. — Et dans la Macédoine : *l'Horloge,* etc.

Du 23 Mai.

Dans la Macédoine : *Un particulier,* etc. — *Depuis quelques jours ,* etc.

Du 24 Mai.

Théâtre de la Porte Saint-Martin.

Du 26 Mai.

Littérature. — Et dans la Macédoine : *Les Gendarmes,* etc.

Du 29 Mai.

Littérature. — Et dans la Macédoine : *Nous avions dit,* etc.

Du 30 Mai.

Les Tailleurs. — Et dans la Macédoine : *Un jésuite,* etc.

Du 31 Mai.

Les Rubans.

Du 1er Juin.

Nous verrons.

Du 2 Juin.

Dans la Macédoine : *Il existait autrefois,* etc. — *Le petit mioche,* etc.

Du 3 Juin.

Hausser les épaules.

Imprimerie de DONDEY-DUPRÉ, rue St.-Louis, n° 46, au Marais.

9 782019 290894